NAUSÍCAA

GILBERTO SCHWARTSMANN

NAUSÍCAA

Editora Sulina

Capa: Humberto Nunes (sobre pintura de Jean Veber – *Ulysses and Nausicaa,* 1888,)
Editoração: Niura Fernanda Souza
Revisão: Simone Ceré
Editor: Luis Antonio Paim Gomes
1ª reimpressão

Dados Internacionais de Catalogação na Publicação (CIP)
Bibliotecária Responsável: Denise Mari de Andrade Souza - CRB 10/960

S399n Schwartsmann, Gilberto
Nausícaa / Gilberto Schwartsmann. -- Porto Alegre: Sulina, 2024.
135p.; 14x21cm.

ISBN: 978-65-5759-156-7

1. Literatura Brasileira - Teatro. 2. Dramaturgia Brasileira. 2. Teatro Brasileiro. I. Título.

CDU: 821.134.3(81)-2
CDD:B869-2

EDITORA MERIDIONAL LTDA.

Rua Leopoldo Bier, 644, 4º andar – Santana
Cep: 90620-100 – Porto Alegre/RS
Fone: (0xx51) 3110.9801
www.editorasulina.com.br
e-mail: sulina@editorasulina.com.br

Maio/2025
IMPRESSO NO BRASIL/PRINTED IN BRAZIL

Para Sandra Dani e Luiz
Paulo Vasconcellos, dois
gigantes do nosso teatro.

PRÓLOGO

ABRE-TE, SÉSAMO!

Um bom livro nos consola, dá prazer, apela aos nossos sentidos e alimenta o nosso intelecto. É um valioso recurso para aliviar as nossas angústias existenciais. É impossível fazer a apologia da boa leitura sem mencionar Marcel Proust, autor da obra clássica *Em busca do tempo perdido*. O seu prazer pela leitura aparece anos antes, no prefácio intitulado "Sobre a leitura", na tradução para o francês de *Sésamo e lírios*, de John Ruskin. Na obra, é feita a analogia do valor da leitura com a expressão "Abre-te, Sésamo!", palavras mágicas de *Ali Babá e os Quarenta Ladrões* para abrir a caverna dos tesouros, numa das histórias de *As Mil e Uma Noites*. A leitura seria o "Abre-te, Sésamo!" com o qual o leitor poderia penetrar no mundo maravilhoso dos livros. Para Ruskin, o livro oferece ao leitor a melhor versão de quem o escreveu.

A leitura instiga a imaginação e faz com que o leitor viva em pensamento as vidas que jamais viverá na realidade, expandindo o texto escrito pelo autor e dando-lhe os destinos mais inesperados. Em *Dom Casmurro*, de Machado de Assis, a traição de Capitu pode ou não ter existido. E se existiu, pode assumir as formas que a imaginação do leitor desejar. Eu recordo os meus primeiros mergulhos literários, quando minha irmã lia para mim *Reinações de Narizinho*, de Monteiro Lobato, e as fábulas de Esopo. Depois, tornei-me fã das enciclopédias – eu amava *O Mirador*! Com seus verbetes, alguns ilustrados, eu despertei para o sexo, procurando as figuras nuas femininas de Debret. Descobri, então, a literatura de Erico Verissimo – eu adorei *Olhai os Lírios do Campo!* – e torci para que Eugênio optasse pela doçura de Olívia e não pela futilidade de Eunice.

Li também livros de aventuras, como *A Ilha do Tesouro* e *O Médico e o Monstro*, de Stevenson.

Com o passar dos anos e o estímulo dos meus professores, tomei gosto pelas obras clássicas, que não são chamadas assim por acaso – elas têm algo de atemporal e de universal. Há que se ler Shakespeare, Homero, Dante, Cervantes, Balzac, Dostoiévski, Tolstói, Proust, Joyce ou Kafka, se quisermos saber como foi a passagem do homem pela Terra. A leitura não se presta à superficialidade. Ela exige concentração e reflexão, para que a mensagem enviada pelo autor possa chegar ao leitor. Num bom livro, há a sensação de que o "fogo de Prometeu" vai direto ao coração. Eliot afirmava que o escritor não escreve sozinho, mas traz a marca dos escritores que o antecederam. Depois de ler Kafka, Borges conta que passou a entender muitas de suas leituras anteriores. Quando li *A Pele do Onagro*, de Balzac, impressionou-me a mistura de realidade e fantasia. Precisei ler Borges, anos depois, para entender esta obra. Meu conselho ao jovem leitor é começar pela poesia ou por histórias curtas. O conto *Uma Alma Simples*, de Flaubert, é um exemplo. O leitor amará Felicité e o seu papagaio Lulu. Há uma grande literatura feita de textos curtos. Borges escreveu maravilhas em poucas páginas – *A Biblioteca de Babel*, *O Aleph*, *O Sul* ou *O Livro de Areia.* Recomendo *O Capote*, de Gogol; *O Coração Revelador*, de Poe; *A Dama do Cachorrinho*, de Tchekhov; *O Cavalheiro de São Francisco*, de Bunin; *A Invenção de Morel,* de Bioy Casares; e dentre os contos mais longos *Eles,* de Kipling, autor do belo poema *Se.*

Depois, o leitor poderá lançar-se nos mares mais profundos do romance. Tolstói, nas páginas iniciais de *Anna Karenina*, observa que as famílias se assemelham na felicidade, mas cada uma tem a sua forma de lidar com o sofrimento. São dele *Guerra e Paz* e *A Morte de Ivan Ilitch* – este último um romance curto, mas que nos faz refletir sobre o sentido das nossas vidas. Para saber sobre os tipos humanos, não há nada como a dramaturgia de Shakespeare. *Hamlet* é a peça teatral mais exibida de todos os tempos. Do bardo inglês, há *Rei Lear, Macbeth, Romeu e Julieta, Othelo* e outras maravilhas. Harold Bloom afirmava que a obra de Shakespeare representa quase a invenção do humano, por ser o resultado de um processo de autoconhecimento através da literatura, fruto de um diálogo do autor consigo mesmo e não com divindades. Não há quem supere Homero para nos ensinar – com *A Ilíada* – como viviam e pensavam os gregos no mundo antigo; ou sobre as grandes epopeias dos mares – com a *Odisseia* – inspiração para clássicos que viriam depois, como *A Eneida*, de Virgílio, ou *Os Lusíadas*, de Camões. Para aprender sobre a força da natureza, uma boa leitura é *Moby Dick*, de Herman Melville; e, para lembrar do absurdo ou da ausência de sentido de nossas vidas, recomendo a leitura de *O Estrangeiro*, de Camus.

Sobre a grande peste do século XIV, nada supera *O Decameron*, de Boccaccio, que reúne histórias bem-humoradas, contadas por sete moças e três rapazes da sociedade florentina que, para fugir da doença, confinam-se numa confortável casa no campo. Quem quiser saber como pensava o homem europeu da Idade Média, leia a *Divina Comédia*, do "sumo poeta" Dante Alighieri. É através deste longo e belo poema, escrito na "linguagem falada pelas mulheres nas ruas", que o idioma italiano se consolida. O que dizer do *Dom Quixote*, de Cervantes, que – nas palavras de Borges – não era um personagem da obra, e sim um amigo de todas as horas? Cervantes cria uma paródia dos romances de cavalaria, para mim a obra mais representativa da literatura de língua espanhola (secundada, penso, por *Cem Anos de Solidão*, de García Márquez). O leitor interessado nas angústias do homem das primeiras décadas do século XX deve ler *A metamorfose*, de Kafka. É um texto curto e que prende a atenção do leitor – não é comum despertar, numa certa manhã, transformado numa barata gigante. Outra leitura – mais difícil – seria *No Caminho de Swann*, o primeiro dos sete volumes de *Em Busca do Tempo Perdido*, de Proust, uma beleza de construção literária. Quem sabe o leitor seguirá adiante na leitura dos volumes restantes.

Os mais corajosos podem tentar o quase indecifrável *Ulisses*, de James Joyce, que descreve as vinte e quatro horas do dia de um homem comum, inspirado na sequência dos eventos descritos na *Odisseia*, de Homero. Eu não perderia a chance de ler *A Montanha Mágica*, de Thomas Mann. O personagem central, Castorp, conduz o leitor pelos meandros de um asilo para tuberculosos em Davos, na Suíça, onde aprenderá sobre a terrível doença e, mais importante, sobre o pensamento do homem europeu do período que antecede a Primeira Guerra. Há outros romances que me tocaram profundamente, como *As Cidades Invisíveis*, de Ítalo Calvino, com os lugares de nomes femininos e os relatos de Marco Polo ao imperador Kublai Khan; ou *O Lobo da Estepe*, de Hermann Hesse – lembro que eu, adolescente, identifiquei-me com o personagem do cinquentão atormentado. Há também a dignidade de *O Velho e o Mar*, de Hemingway; e a dureza de *O Jogador*, de Dostoiévski, com o qual me dei conta do poder destrutivo da compulsão de jogar. Desfrutei o realismo de *A Comédia Humana*, de Balzac, um fiel retrato da sociedade francesa de sua época, que li uma parte, mas não toda; as aventuras de *Oliver Twist* e as histórias quase autobiográficas de *David Copperfield*, de Dickens; e a obstinação de Jean Valjean em proteger Fantine e a pequena Cosette, mesmo com a perseguição incansável do inspetor Javert, em *Os Miseráveis*, de Victor Hugo. Dos autores mais recentes, não posso esquecer de recomendar ao leitor a linguagem cuidadosa de *Conversa na Catedral*, de Vargas Llosa; e as surpresas de *O Jogo da Amarelinha*, de Cortázar.

Para nós, leitores da língua portuguesa, há que desfrutar a riqueza poética dos heterônimos de Pessoa, em *Tabacaria* ou *Poema em Linha Reta*, de Álvaro de Campos; e *Num Meio-Dia de Fim de Primavera*, de Alberto Caeiro; ou *Autopsicografia* e *Mar Português,* de Pessoa ele mesmo, em que o poeta diz que "*tudo vale a pena, se a alma não é pequena*". Adolescente, eu li *Os Maias*, de Eça de Queiroz; depois, *O Crime do Padre Amaro*. Eça apresentou-me ao pecado. Há que lembrar do *Memorial do Convento* e do *Ensaio sobre a Cegueira*, de Saramago, e tantas obras maravilhosas. Dos brasileiros, há sempre Machado, de quem já citei *Dom Casmurro* e destaco a ironia fina, a crítica social e a bem-humorada antecipação da literatura fantástica em *Memórias Póstumas de Brás Cubas*. Há o monumental *Grande Sertão: Veredas*, de Guimarães Rosa, com mais de seiscentas páginas de uma narrativa cheia de neologismos, sem o descanso dos capítulos, regional só na aparência do sertão árido de Minas, dos enfrentamentos entre bandos de jagunços, num Brasil quase sem lei, mas que ao final percebemos ser – no fundo – o embate entre deus e o diabo, tão universal como o *Fausto*, de Goethe. Há também as obras de Graciliano, Euclides da Cunha, Clarice, Jorge Amado, Erico, Bandeira, Drummond, João Cabral e tantos outros.

Numa entrevista com Evanildo Bechara, ele lembrou que, mais importante do que memorizar regras gramaticais, a leitura é a melhor maneira de dominar um idioma. No curso secundário, uma professora orientou-me a adquirir uma edição da *Divina Comédia* que contivesse os versos originais no italiano e ao lado a sua tradução para o português. O seu argumento era que a poesia é antes de tudo a "música" contida nas palavras e que isso só é percebido ao ler em voz alta os versos no original – o sentido vem depois. Se eu pudesse aconselhar o leitor, eu diria que não perca tempo com leituras que não o agradem. Fique com os textos que capturem a sua curiosidade. Ao ler o que dá prazer, os encantamentos da boa literatura terão mais chance de penetrar o seu coração. Uma vez refém do livro, o leitor pode permitir-se voos mais elevados. Atenção: um bom livro pode causar mal-estar, quando se trata de temas mais difíceis. Ao ler *Crime e Castigo* ou *Os Irmãos Karamazov*, de Dostoiévski; ou *Lolita*, de Nabokov, o leitor entenderá o sentido de minhas palavras.

O milagre da literatura se dá quando o texto chega ao leitor e triunfa. Ele compreenderá, então, não mais o texto, mas o sentimento do autor, nele depositado. Escrever um livro é algo muito sério. Proust impôs a si próprio um exílio em seu quarto de dormir, para criar a sua obra-prima, *Em Busca do Tempo Perdido*. Para que nada lhe tirasse a concentração, ele tratou de atenuar o ruído das ruas, mandando aplicar um revestimento de cortiça nas janelas do seu quarto. Isso se justifica na premissa de que o autor dá ao texto o seu melhor. Talvez esteja aí a essência da leitura, a possibilidade de que, através do livro, possamos desfrutar do que há de mais profundo na experiência humana. Quando li *Noites brancas*, de Dostoiévski, eu entendi o que é sonhar através da leitura. Imaginei ser capaz de conquistar o coração da jovem Nastienka, no indescritível branco das noites de fim de junho, na bela São Petersburgo, mesmo ante a impossibilidade de ser por ela correspondido.

Gilberto Schwartsmann

CONTEXTO

Trata-se de uma conversa entre o Oráculo de Dodona e o personagem de nome Homero, que diz ser o grande poeta grego que criou a *Ilíada* e a *Odisseia*, com a presença do Narrador, a voz moderadora da discussão entre o velho cego que se diz Homero e o Oráculo.

A cena se passa num tempo indeterminado. O Oráculo de Dodona, um dos mais antigos da Grécia, é dedicado a Zeus, o líder dos deuses do Olimpo.

PERSONAGENS

Homero:
Um indivíduo que se apresenta como um velho, cego e de aparência humilde, que procura o oráculo dizendo ser Homero, o autor da *Ilíada* e da *Odisseia*.

Oráculo:
A voz de um sacerdote anônimo, cuja função é transmitir as respostas de Zeus, o líder dos deuses do Olimpo, às consultas a ele realizadas através do famoso Oráculo de Dodona, situado na região de Epiro, próximo a Corfu. Depois do Oráculo de Delfos, o de Dodona foi um dos mais célebres oráculos da Antiguidade.

Narrador:
Uma voz que faz a mediação eventual do diálogo entre o suposto Homero e o Oráculo.

ATO I

Narrador:
NAUSÍCAA traz a conversa entre um sacerdote do Oráculo de Dodona e um homem que diz ser Homero, o autor da *Ilíada* e da *Odisseia.* As cenas se passam entre o nono e o oitavo séculos antes de Cristo. O Oráculo de Dodona é um dos mais antigos da Grécia, dedicado a Zeus, o líder dos deuses do Olimpo. Na peça, Homero se apresenta como um velho, cego e de aparência humilde. Se ele é mesmo Homero, o pai da literatura ocidental, eu não sei.

Oráculo: (*em tom solene, da escuridão da caverna*)
Quem vem de tão longe buscar os préstimos do grande Zeus?

Homero: (*dirigindo-se ao oráculo*)
Sou Homero, um poeta. Venho ao sagrado oráculo para pedir a intervenção de Zeus no mais importante dos meus assuntos.

Oráculo:
E o que tiraria o sono de um velho cego e que se intitula poeta?

Homero: (*querendo agradar o sacerdote*)
A esperança de encontrar a sabedoria dos sagrados sacerdotes que "*têm os pés sujos, dormem no chão e interpretam o ruído do vento a bater sobre um grande carvalho*".

Oráculo: (*repreendendo-o*)
Tu és velho e cego, mas sabes o valor da sedução... Zeus sabe reconhecer as bajulações dos seres humanos... quando desejam alguma coisa...

Homero:
Tenho sido injustiçado e venho pedir a Zeus que me ajude a reparar um erro terrível.

Oráculo:
Um erro terrível?

Homero:
Eu sou Homero, o autor da *Ilíada* e da *Odisseia.* Há estudiosos que duvidam da autoria de minhas obras.

Oráculo:
E isso te parece um erro terrível? A arte não deveria servir a todos, como um lenitivo para as dores da alma? E tu te preocupas com a autoria?

Homero:
Mas as obras são minhas, sagrado sacerdote...

Oráculo:
Tuas? Eu não teria tanta certeza... Eu vejo que trouxeste contigo um cão...

Homero:
Sim, sagrado sacerdote. É o meu amado cão Mentor.

Oráculo:
Esse não é o nome de um dos homens de confiança de Odisseu, na *Odisseia*?

Homero: (*sorrindo*)
É verdade, sagrado oráculo. É através de seu corpo que a deusa Atena por duas vezes o socorre... Mas meu cão Mentor é o meu guia.

Oráculo: (*desprezando o seu pleito*)
Tu vens pedir a intercessão de Zeus numa questão tão mundana...

Homero:
Sagrado sacerdote, eu não sei de instância mais

respeitável do que o grande Oráculo de Dodona para decidir sobre essa questão. Em Delfos, eu já estive para ouvir a voz do deus Apolo.

Oráculo:
E a poesia deve pertencer a alguém? A poesia deve servir a todos.

Homero:
Mas eles afirmam que os versos não são meus...

Oráculo:
Teus ou não teus... Não é mais importante saber se os versos penetram ou não no coração das pessoas que os escutam?

Homero:
Mas eu os ouvi no canto dos pássaros, no sopro do vento! Através dos séculos, estes versos

foram compostos por rapsodos e transmitidos pelos *aedos*... Mas fui eu quem organizei, que dei forma a toda essa riqueza poética...

Oráculo:
Dizem que Homero não é uma só pessoa, e sim a personificação de uma escola de poetas... Isso não te parece suficiente reconhecimento? As tuas obras serem objeto de uma construção coletiva, lapidada por tantos corações e cérebros ao longo de séculos?

Homero:
Mas sagrado sacerdote... os versos são meus... eu os organizei de uma forma que pudessem sobreviver ao tempo... Utilizei-me de estratégias para que fossem memorizados mais facilmente...

Oráculo:
Tu sabes que o oráculo viaja pelo tempo e vê o passado, o presente e o futuro. E de onde tu vens?

Homero:
De Esmirna, ou de alguma ilha do mar Egeu... eu nunca soube ao certo.

Oráculo:
Várias cidades disputam a honra do teu nascimento.

Homero:
No Oráculo de Delfos, os sacerdotes de Apolo me falaram que eu nasci três séculos depois da Guerra de Troia...

Oráculo:
Eu posso concordar com esta estimativa... A grande guerra de Troia acontece por volta do século doze antes do Cristo... Cristo... imagino que tu nem sonhes de quem se trata... Mas as discussões sobre o tempo nos tomariam dias, Homero.

Homero:

Eu entendo o sentido do tempo, mas não sei explicá-lo. Quem sou eu? Sou o Homero de hoje? O da minha juventude? Ou o da minha infância? Ou serei todos eles ao mesmo tempo? Mesmo que pudéssemos ver o futuro, suspeito que nada aprenderíamos com ele...

Oráculo:

É verdade, Homero. Os seres humanos não aprendem com o seu próprio sofrimento. Logo recaem nos mesmos erros. Mas voltemos à *Ilíada* e à *Odisseia*. Os teus poemas utilizam os dialetos mais antigos... o jônico e vários outros, não é mesmo?

Homero:

Mas incorporei expressões de lugares e de tempos mais distantes. Estes versos vêm de longe... E possuem tanta sabedoria na sua construção! O seu ritmo! As artimanhas que utilizei, para que pudessem ser recitados de memória!

Oráculo:
Os epítetos! Aquiles dos pés ligeiros! Nestor com sua sabedoria! Heitor, o domador de cavalos! E se o tal Homero reuniu estes versos para que – séculos depois – alguém que dominasse a escrita o transformasse em livro? E se ele foi responsável por apenas parte da construção destas obras?

Homero:
Eu simplesmente consagrei o "hexâmetro dactílico"... aquele jeitinho de fazer versos com ênfase em certas partes da frase, que lembram o comprimento dos ossinhos dos dedos das nossas mãos... O sagrado sacerdote está sendo um pouco precipitado em suas conclusões...

Oráculo:
Os "hexâmetros dactílicos" não foram criação tua, Homero... já eram usados para memorizar os cantos que nós, gregos, e os povos que nos antecederam, usávamos há séculos para dar ritmo ao trabalho... e até mesmo para que os nossos marinheiros remassem ritmicamente os seus navios... Mas eu nada concluo. Represento a voz de Zeus, o rei dos deuses do Olimpo. Haverá, um dia, um pensador de nome Aristóteles que dirá que a *Ilíada* foi criada décadas antes da *Odisseia.* Mas tu não te preocupas em saber qual delas foi feita primeiro, desde que ambas sejam tuas...

Homero:
Sagrado oráculo, eu não me preocupo em possuir palácios... A minha poesia é tudo o que tenho.

Oráculo: (*irônico*)
Tu sabes recitar de memória os versos da *Ilíada*?

Homero: (*com orgulho*)
Sim, os mais de quinze mil versos! E os mais de doze mil da *Odisseia*!

Oráculo: (*querendo surpreendê-lo*)
Para um poeta, moedas de ouro valem bem menos do que a força das ondas do mar a bater contra os rochedos... O que tu falaste sobre os monstros dos mares?

Homero: (*sorrindo*)
O sagrado sacerdote deseja me testar... Quer que eu conte sobre a terrível Cila, não? O monstro de seis cabeças e de doze pés que engoliu em suas goelas os homens de Odisseu, na minha *Odisseia...*

Oráculo:
Um dia, virão os tais romanos – que tu não conheces ainda e que dominarão o mundo. Eles

chamarão o teu Odisseu pelo nome de Ulisses. Séculos depois, um tal Joyce criará uma obra sobre um dia na vida de um homem e essa obra também se chamará *Ulisses*...

Homero: (*orgulhoso*)
Como o meu Odisseu, da minha *Odisseia?*

Oráculo:
Prepare-se: a *Ilíada* e a *Odisseia* ganharão o mundo!

Homero: (*orgulhoso*)
O sagrado oráculo diz que nós, gregos, espalharemos a nossa cultura através dos tempos?

Oráculo:
Sim, nós seremos dominados pelos tais romanos, um povo com exércitos mais fortes do que

os nossos, mas no fundo eles serão – eu diria – por nós "helenizados".

Homero: (*contente*)
Então, os tais romanos nos terão dominado apenas em parte! Pois eles serão por nós "helenizados". (*orgulhoso*) E chamarão o meu Odisseu pelo nome de Ulisses?

Oráculo:
Sim! E Cronos eles chamarão de Saturno! O grande Zeus será para eles Júpiter! Trocarão todos os nomes dos deuses, dos heróis, de tudo! Os seres humanos gostam de se apropriar das coisas, para dar a impressão de que tudo que há de bom no mundo começou com eles... (*com ironia*) Ah! Falando sobre o mar, lembrei-me de um turbilhão que tu inventaste... Caribde.

Homero: (*triunfal*)
Trata-se de um enorme redemoinho no mar, que na minha *Odisseia* vomitava três vezes por dia as suas águas...

Oráculo:
E por três vezes as sugava novamente! E matou os homens de Odisseu...

Homero: (*surpreso*)
O sagrado sacerdote conhece bem a minha *Odisseia*...

Oráculo:
E a *Ilíada* também. Eu sei compreender a raiva – e a mágoa – que sentiu Aquiles, o maior dos guerreiros gregos, ao ser desrespeitado por Agamemnon, o rei de Argos e de Micenas, comandante supremo dos exércitos aqueus na Guerra de Troia.

Homero: (*orgulhoso*)
O orgulho e a dignidade de nossos heróis são os seus bens maiores!

Oráculo:
Aquiles era filho da deusa Tétis e do grande guerreiro Peleu! Metade divino, metade humano! A sua honra valia mais do que qualquer recompensa material! *(irônico)* Já Odisseu, herói da tua *Odisseia,* não era tão despojado assim...

Homero: (*malicioso*)
Os homens não resistem às riquezas... e aos prazeres da carne!

Oráculo: (*com cumplicidade*)
O poeta se refere aos sete anos que Odisseu passou na cama da ninfa Calipso, durante o seu cativeiro?

Homero: (*com humor*)
Ou aos doze meses que ele desfrutou do corpo de Circe... a feiticeira que transformava seres humanos em porcos...

Oráculo: (*irônico*)
Então, eu tenho em minha caverna um poeta que diz ser o grande Homero, autor da *Ilíada* e da *Odisseia*! Quanta honra para Zeus!

Homero:
A honra é minha, sagrado sacerdote.

Oráculo: (*falando em tom de desafio*)
Quando tu criaste a *Ilíada* - se é que foste tu e não a nossa tradição de séculos quem fez esta grandiosa obra –, tu deixaste bem claro que a Guerra de Troia se deu pelo rapto de Helena, a mais bela entre as mulheres, e esposa de Menelau, o rei de Esparta?

Homero:
E que trazer de volta Helena foi a razão para que os reis aqueus marchassem em direção a Troia!

Oráculo:
É o mito do resgate de nossa beleza perdida...

Homero:
Contudo, sagrado oráculo, eu concentrei os meus versos nos dias finais da guerra – cinquenta e um deles, para ser mais exato...

Oráculo:
Um dia, Homero, o mundo culto dirá: "Como *A Bíblia Sagrada*, *As Mil e Uma Noites* e a dramaturgia de Shakespeare, a *Ilíada* e a *Odisseia,* de Homero, são alimentos para a imaginação humana"!

Homero:

Eu desconheço as obras que o sagrado oráculo menciona, mas sinto-me honrado com suas palavras...

Oráculo:

Tu dizes ter criado versos de seis frases... sextetos... O que os estudiosos chamarão de "hexâmetros dactílicos"! Porque lembram os dedos das mãos! Os três ossinhos... um mais longo e dois menores... Digamos que tu os aprimoraste...

Homero:

Ah, sagrado sacerdote! Um dáctilo representa uma sílaba longa, seguida por duas breves! E os "espondeus" contêm somente dois longos...

Oráculo:

Haverá um tempo, Homero, em que outros cantarão poemas como os teus, mas em versos alexandrinos, decassílabos ou redondilhas...

Homero:
Mas todos beberão da mesma fonte... a minha *Ilíada* e a minha *Odisseia*!

Oráculo:
Cuidado, Homero, controla a tua soberba! Voltando à *Odisseia*, e Nausícaa, a bela princesa dos Feácios?

Homero: (*orgulhoso*)
Os Feácios, dos reis Alcínoo e Aretê, pais da bela princesa Nausícaa, que acolhem Odisseu após o seu terrível naufrágio...

Oráculo: (*irônico*)
Ah, Nausícaa, Nausícaa, se dependesse de Nausí-

caa, o destino de Odisseu poderia ter sido diferente...

Homero: (*orgulhoso*)
Nausícaa o teria aceitado como o seu futuro esposo! A princesinha se encantou com ele. Contudo, Odisseu desejava retornar a Ítaca e à sua amada Penélope...

Oráculo:
Um retorno que tarda dez longos anos!

Homero:
Contando os outros dez da Guerra de Troia, Odisseu ficou quase duas décadas longe de casa!

Oráculo:
Ao partir para a guerra, ele deixa Penélope com o filho Telêmaco ainda um bebezinho! Quan-

do Odisseu retorna, ao final da *Odisseia*, e Ítaca é apaziguada pelos deuses, Telêmaco já é um homem feito!

Homero:
Troia... uma guerra em que nem Odisseu e tampouco Aquiles queriam participar... Só o fizeram porque havia um pacto entre os reis aqueus...

Oráculo:
Se um deles fosse atacado, todos os demais o protegeriam!

Homero:
Por essa razão, eles terminam por atender ao pedido de Menelau, cuja esposa, Helena, havia sido raptada por Páris, filho de Príamo, rei de Troia; irmão de Heitor, o grande príncipe troiano!

Oráculo:
Helena era a mais bela mulher que existia no mundo...

Narrador: (*dirigindo-se à plateia*)
Quem falou a Páris sobre a beleza de Helena foi a deusa Afrodite...

Oráculo: (*dirigindo-se a Homero*)
Tu te lembras da história do "Pomo da Discórdia"? Da maçã de ouro deixada pela deusa Éris, na festa de casamento de deusa Tétis com o grande guerreiro Peleu?

Homero:
Sim! É pelo rapto de Helena, esposa de Menelau, rei de Esparta, pelo jovem príncipe Páris, de Troia, que surge depois a Guerra de Troia...

Narrador: (*dirigindo-se à plateia*)
Agamemnon, rei de Micenas e irmão de Menelau, foi escolhido para comandar as tropas gregas! E lá se foram eles em direção a Troia, com uma frota de cerca de mil navios!

Homero: (*orgulhoso*)
Para resgatar a mais bela mulher que havia na Terra, Helena, esposa de Menelau!

Narrador:
É assim que começa a Guerra de Troia! Uma guerra em que os deuses tomam partido! Atena apoia os gregos! Afrodite, os troianos!

Oráculo: (*irônico*)
Fale-me da tua *Ilíada,* Homero! Tua *Ilíada*, não é mesmo?

Homero: (*olhando para longe*)
Já estávamos no décimo ano da Guerra de Troia, sem que houvesse nenhum vencedor. É quando ocorre um rompimento violento entre Aquiles, o maior dos heróis gregos e líder do exército dos Mirmidões, e Agamemnon, o chefe supremo dos exércitos gregos em Troia.

Narrador: (*dirigindo-se à plateia*)
Agamemnon havia recebido a escrava Criseida, filha de um velho sacerdote, como prêmio por uma de suas conquistas. O velho vai até o chefe dos exércitos gregos para suplicar que Agamemnon lhe devolva a sua amada filha...

Oráculo: (*irônico*)
... Mediante uma polpuda compensação.

Homero:
Agamemnon recusa! Em sua soberba, ele humi-

lha o velho sacerdote. Desesperado, o velho pede aos deuses que intercedam para que ele devolva a sua amada filha.

Oráculo:
Agamemnon cede à pressão das divindades. Contudo, ele exige que lhe deem como compensação a bela escrava Briseida...

Narrador: (*dirigindo-se à plateia*)
Mas Briseida havia sido dada antes como prêmio a Aquiles...

Homero:
Era a sua escrava preferida...

Oráculo:
Aquiles sente-se muito ofendido com a atitude de Agamemnon! Furioso – e magoado –, ele

declara que não mais lutará em Troia! E que partirá com seus guerreiros de volta para a Grécia!

Narrador: (*dirigindo-se à plateia*)
Mas no mundo grego os deuses estão sempre a ditar os destinos dos homens...

Oráculo:
A deusa marinha Tétis, mãe de Aquiles, obtém de Zeus a promessa de que fará com que Agamemnon pague caro por sua afronta a seu filho!

Homero:
Mas Agamemnon é muito orgulhoso... Ele diz que vencerá a guerra com ou sem Aquiles! E ataca os troianos mesmo sem o seu principal guerreiro!

Oráculo:
Heitor, o grande príncipe troiano, propõe aos

gregos que, a fim de que se evitem tantas mortes desnecessárias, a guerra seja decidida num enfrentamento entre Páris, seu irmão e raptor de Helena, e Menelau, o marido de Helena, rei de Esparta.

Narrador: (*dirigindo-se à plateia*)
Ah! Heitor! Ele representa o que pode haver de melhor, mais virtuoso e mais correto para um ser humano de seu tempo.

Homero:
O duelo, contudo, não chega ao seu final. Páris, quase derrotado por Menelau, é protegido por uma misteriosa nuvem de fumaça, enviada por sua deusa protetora, Afrodite.

Oráculo:
Ao romper da aurora, reinicia-se a luta, que termina com uma clara vantagem para os troianos.

Narrador: (*dirigindo-se à plateia*)
Sem Aquiles, os gregos passam a perder terreno...

Homero:
Agamemnon é aconselhado por Nestor, rei de Pilos, a mandar uma comitiva de três líderes gregos – Odisseu, Fênix e Ájax – para pedir a Aquiles que retorne aos campos de batalha.

Narrador: (*dirigindo-se à plateia*)
Eles oferecem a Aquiles um verdadeiro tesouro! Muitas mulheres, cavalos da melhor qualidade, terras, ouro! Entretanto, Aquiles não cede.

Homero:
Aquiles havia sido ferido em seu orgulho!

Oráculo:
Os troianos avançam! Queimam vários navios helênicos!

Narrador: (*dirigindo-se à plateia*)
O que aumenta o desespero de Agamemnon!

Homero:
Pátroclos, primo e jovem fiel escudeiro de Aquiles, diz a ele que respeita a sua decisão de não lutar, mas explica que ele – Pátroclos – não poderia negar-se a continuar na luta!

Oráculo:
Pátroclos pede a Aquiles que lhe ceda o seu escudo e as suas armas, para que ele retorne aos campos de batalha protegido pelos deuses.

Narrador: (*dirigindo-se à plateia*)
Nos combates, uma lança desferida por Heitor, pensando atingir Aquiles, fere mortalmente Pátroclos.

Homero:
Ájax retira o corpo de Pátroclos do campo de batalha e o leva de volta ao acampamento, entregando-o a Aquiles... Ao ver o corpo morto de Pátroclos, Aquiles uiva de dor, como um lobo solitário que tivesse perdido o seu bem maior...

Narrador: (*dirigindo-se à plateia*)
Houve quem afirmasse que os dois eram amantes...

Oráculo:
Isso tudo tu descreveste nos versos da *Ilíada,* Homero?

Homero:
Sim, exceto, obviamente, as considerações quanto às intimidades entre os dois... Eu narro então o retorno de Aquiles aos combates! E a sua

vingança contra Heitor, o príncipe troiano que havia matado o seu amado Pátroclos!

Oráculo:
Movido pelo ódio, Aquiles atende ao pedido de Agamemnon, que lhe devolve a escrava Briseida.

Homero:
Aquiles se lança ao campo de batalha, gritando pelo nome de Heitor, para que o príncipe troiano venha enfrentá-lo! É quando se dá o clímax, o auge das tensões, na minha *Ilíada.*

Narrador: (*dirigindo-se à plateia*)
É uma luta sangrenta! Aquiles mata muitos soldados inimigos, chegando aos portões de Troia, onde Heitor, aterrorizado, sente que a sua morte é iminente. Os dois se enfrentam e Aquiles mata Heitor ante o olhar de todos!

Oráculo:
Andrômaca, a esposa de Heitor, sua família, os reis, todos acompanham a terrível cena do alto das muralhas de Troia...

Narrador: (*dirigindo-se à plateia*)
Aquiles arrasta o cadáver de Heitor, amarrado ao seu carro de cavalos... transtornado por seu desejo de vingança!

Homero:
Aquiles retorna ao acampamento grego, com o corpo morto do príncipe troiano destroçado.

Oráculo:
No derradeiro canto da *Ilíada*, o mais humano e tocante deles, Príamo, o velho rei de Troia, adentra sozinho, à noite, o acampamento dos aqueus, para implorar a Aquiles que lhe devolva o corpo morto de seu filho Heitor.

Narrador: (*dirigindo-se à plateia*)
Para que o velho e triste rei de Troia possa dar ao seu filho um funeral digno de um grande herói troiano...

Homero:
Príamo lança-se aos pés de Aquiles e implora...

Oráculo:
Implora em nome do amor e do respeito que ele próprio, Aquiles, tem pela memória de seu pai, o grande guerreiro Peleu...

Homero:
E pela memória de seu fiel escudeiro e amigo Pátroclos, morto por Heitor no campo de batalha.

Narrador: (*dirigindo-se à plateia*)
Ao lembrar-se de seu pai e de seu amado Pátroclos, Aquiles chora. É um momento sublime, no qual Aquiles revela o seu lado humano, quase sempre escondido.

Oráculo:
Depois de refletir, emocionado, Aquiles diz a Príamo que lhe entregará o cadáver de Heitor.

Homero: (*triste*)
O velho rei parte, então, com o corpo do filho, Heitor, por entre as linhas gregas.

Oráculo: (*solene*)
A *Ilíada* termina com a narrativa das honras fúnebres prestadas a Heitor, o herói troiano, que morre gloriosamente em defesa da sua pátria e da sua família.

Homero:
Vejo que o sagrado sacerdote conhece profundamente a minha *Ilíada*...

Oráculo:
Ninguém foi maior do que Homero... quem quer que seja ele... É fascinante a descrição do avançar dos exércitos nos versos da *Ilíada*. Tu lembras disto, Homero?

Homero: (*ele recita um verso, orgulhoso*)
E como eu esqueceria! "*Eles se espalham como uma chama que varre a terra inteira diante de si!*" Veja a entonação dos meus versos, como deste modo fica mais fácil memorizá-los! Não sou mesmo um gênio?

Narrador: (*dirigindo-se à plateia*)
Calma, Homero... calma... muito da tua criação

tem como objetivo nos ensinar sobre o bom comportamento, o heroísmo e – sobretudo na Odisseia – a importância de sabermos controlar as nossas tentações... Eu te diria que essa luz que brilha nos versos da *Ilíada* é "a alma da poesia", uma espécie de "aura", uma energia divina, como quando vemos pela primeira vez uma obra de arte...

Homero: (*pensando em voz alta*)
"Aura". Eu gosto desta expressão...

Oráculo:
É impressionante como a simples coragem de um guerreiro é descrita de modo tão especial na *Ilíada*! Essa qualidade na caracterização dos personagens só será vista no futuro na dramaturgia de Shakespeare...

Homero:
Shakespeare... belo nome. E que sonoridade... Ele será um grande poeta?

Oráculo:
O mundo amará Shakespeare como a ti, Homero.

Narrador: (*dirigindo-se à plateia*)
Na *Ilíada*, a coragem de Aquiles é furiosa e intratável; a de Heitor é ativa e vigilante! Dois heróis descritos por Homero jamais serão feridos da mesma maneira! Até a brutalidade humana é perfeitamente retratada.

Oráculo: (*com altivez*)
O modo como Aquiles arrasta o corpo morto de Heitor pelas proximidades das muralhas de Troia... é como se o autor quisesse mostrar a todos do que um ser humano é capaz, quando tomado pela raiva.

Homero: (*emocionado*)
Não há momento mais belo na *Ilíada* do que o seu último canto, quando o velho rei Príamo e o guerreiro Aquiles choram juntos a perda de seus entes mais queridos.

Oráculo:
Aquiles, um semideus movido pela arte de guerrear e de matar os seus inimigos em combate, é tomado por um sentimento humano que antes nunca revelara.

Homero: (*voltando ao seu questionamento inicial ao oráculo*)
Eu penso nas razões que levam tantos estudiosos a questionar a autoria dos meus versos.

Oráculo: (*irônico*)
Tu queres que eu acredite que Homero, o autor da *Ilíada* e da *Odisseia*, seja um velho cego e po-

bre que procura o oráculo, para reclamar a Zeus que lhe roubaram os seus versos?

Homero:

Eu os ouvi nas ruas, sagrado sacerdote! Dos versos criados por rapsodos e repetidos pelos aedos! Fazem parte de nossa cultura e dos povos que nos antecederam! E me serviram de inspiração, para que eu os reunisse de modo mágico, poético e capaz de ser memorizado! Veja a beleza das repetições, das entonações, dos epítetos acrescentados a cada personagem! Preste a atenção no ritmo, nas pausas entre os versos! Eu criei estas maravilhas, para que pudessem ser transmitidas e eternizadas! Sou Homero, o autor da *Ilíada* e da *Odisseia*!

Oráculo:

Não há apenas um autor, Homero... Um autor traz dentro dele todos os autores que o antecederam.

Homero:
Eu percebo o sentido das palavras, sagrado oráculo.

Oráculo:
Zeus espera de ti mais coragem... (*mais direto*) para assumires quem tu és na verdade.

Homero:
Na *Ilíada*, eu quis descrever o mundo grego! Como viviam, como pensavam e como agiam as pessoas e os deuses! E para isso eu me servi do trágico destino de uma grande cidade – Troia.

Narrador:
E haveria desgraça maior do que os homens produzirem a destruição de uma grande cidade? Uma cidade destruída é uma prova de nossa falha como humanidade.

Oráculo:
Basta olharmos para a futilidade das guerras. Mas falemos da *Odisseia*... Se é que ela é mesmo da tua autoria... (*irônico*) Sente-se nela uma incomum presença feminina...

Homero: (*surpreso*)
Uma incomum presença feminina? O sagrado sacerdote me constrange.

Oráculo: (*irônico*)
O mundo grego não te parece demasiadamente masculino, Homero?

Homero: (*um pouco tenso*)
O sagrado oráculo sugere que eu tenha deixado transparecer nos versos da *Odisseia* uma forte presença das mulheres? Se isso aconteceu, não foi de modo consciente...

Oráculo:
Haverá no futuro muito distante um estudioso do comportamento humano, vindo de uma terra que chamarão Morávia. Um tal Sigmundo... Ele estudará os sonhos e o que há por trás dos pensamentos. Um dia, chamarão "atos falhos" as confusões de palavras que por vezes fazemos... aparentemente desconectadas, mas extremamente reveladoras.

Homero:
Reveladoras de nossos segredos? E obra de um tal Sigmundo?

Oráculo: (*irônico*)
Não te parece estranho, ou mesmo suspeito, que Odisseu, com todas as suas peripécias pelos mares, jamais esqueça que o seu objetivo é voltar para casa? Para a sua Penélope?

Homero: (*pensativo*)
Eu sugiro que mudemos de assunto. O motivo de minha visita ao oráculo é que alguns não reconhecem a minha autoria da *Ilíada* e da *Odisseia.*

Oráculo:
Há quem afirme que houve dois "Homeros"... Mais do que dois! A tua obra foi sendo transmitida e modificada ao longo dos tempos...

Homero:
Dois "Homeros"? Isso me parece inaceitável...

Oráculo:
Observe as repetições de meios versos, de versos inteiros... isto é próprio da poesia oral... coisa vinda de muito longe... (*desafiando-o*). No teu tempo, os gregos não dominavam ainda a escrita como alguns séculos mais tarde...

Homero:
De muito longe? De muito longe, mas reunidos por mim!

Oráculo:
Tuas obras – corrijo: eu não posso garantir que sejam tuas – estas obras serão mais tarde ditadas a estudiosos, passadas da oralidade para a escrita... E lapidadas ao longo dos tempos por outros autores...

Homero:
Esses estudiosos dizem o que querem! Eu, Homero, criei a *Ilíada* e a *Odisseia*!

Oráculo: (*mais calmo*)
Mudemos de assunto. Falemos das mulheres... Com relação a Penélope – uma das grandes mulheres da tua *Odisseia*, eu adoro a sua inteligência...

Homero:
De minha parte, eu adoro a solução que ela encontra para não se casar com nenhum dos seus pretendentes!

Narrador: (*dirigindo-se à plateia*)
Penélope não queria desobedecer ao pedido do seu pai, que desejava que ela ao menos recebesse os pretendentes ao trono de Ítaca... e quem sabe se casasse com um deles... Afinal, falava-se aos quatro ventos que Odisseu havia morrido em Troia... ou em algum naufrágio em sua viagem de retorno a Ítaca.

Homero:
Mas Penélope acreditava no contrário! Que Odisseu, o seu amado esposo, ainda estava vivo! E um dia ele retornaria aos seus braços!

Oráculo:
Penélope inventa, então, um estratagema incrível!

Homero:
Ela diz que só escolheria o novo marido depois de cumprir a sua promessa de terminar de tecer um sudário para o seu querido sogro...

Oráculo: (*rindo*)
Sim... Penélope tece o pano durante o dia e depois, secretamente, desfaz o seu trabalho durante a noite!

Homero: (*rindo*)
E assim Penélope consegue adiar indefinidamente a sua decisão quanto a um novo casamento com um dos seus tantos pretendentes...

Oráculo: (*feliz*)
A *Odisseia* é uma aventura maravilhosa! E a lição sobre o preço que pagamos pela nossa vaidade? De não ceder ao "canto das sereias"?

Homero: (*orgulhoso*)
Essa ideia é minha, sagrado sacerdote! Os seus versos...eu os escutei nas ruas, mas fui eu quem lhe deu um formato poético!

Narrador:
Numa das ilhas em que Odisseu e seus soldados aportaram, eles foram recebidos com muita simpatia por uma jovem, mas era apenas um truque. Eles logo se tornaram vítimas de uma magia feita por uma feiticeira de nome Circe. A magia transformava os homens em animais, sobretudo porcos. Por sorte, Odisseu foi logo advertido por um de seus soldados, o qual lhe ofereceu um antídoto recomendado pelos deuses. Circe observa que ele não é afetado pela magia, por estar protegido pelo tal antídoto. Odisseu convence Circe a trazer de volta os seus soldados ao seu estado normal. Eles se tornam amantes por cerca de doze meses! E, por ordem

dos deuses, ela o ajuda depois a seguir viagem e a enfrentar as armadilhas do mar em sua viagem de volta a Ítaca.

Homero:
A pedido dos deuses, Circe acaba por fazer as pazes com Odisseu. E ela lhe ensina como retornar a Ítaca com segurança... como proteger-se dos perigos dos mares...

Narrador:
Ela ensina Odisseu e seus marinheiros a se protegerem do irresistível canto das sereias! Havia duas belas sereias que atraíam os marinheiros que passavam por suas praias com seus navios, cantando lindas melodias... elas eram irresistíveis!

Homero:
Ao cederem às tentações do seu belo canto, tão logo caíssem nos seus braços, os marinheiros eram todos mortos!

Oráculo:

Circe diz a Odisseu que ele deveria orientar os seus marinheiros a amarrá-lo fortemente ao mastro do navio, quando se aproximassem das sereias...

Homero:

E que ao ouvirem o canto das duas belas sereias, eles não atendessem às suas ordens para soltá-lo! Mesmo que ele implorasse! E que eles colocassem cera nos ouvidos dos marujos, para que ninguém cedesse ao melodioso mas fatal canto das sereias...

Narrador:

"Resistir ao canto das sereias" tornou-se uma famosa metáfora sobre como resistir à própria vaidade... aos falsos elogios...

Oráculo:
Quando chegou à Ilha da Trinácia, onde habitava Helios, o deus do Sol, Odisseu lembrou aos seus homens a advertência que lhe havia feito o cego Tirésias, em sua passagem pelo mundo dos mortos...

Homero:
Sim! Quanto às terríveis consequências que sofreriam aqueles que ousassem sacrificar os animais de seu rebanho! O ser humano não é fácil, não é mesmo, sagrado oráculo?

Narrador:
Odisseu propôs que seguissem viagem, mas os seus homens se negaram, com o argumento de que necessitavam repor as suas provisões. Odisseu acabou cedendo à argumentação de seu amigo e companheiro de lutas, Euríloco, isolando-se para meditar e pedir a proteção dos deuses.

Oráculo:
Com o passar dos dias e com a alimentação cada vez mais escassa, alguns homens não resistiram à tentação e sacrificaram alguns bois do rebanho de Helios.

Narrador:
Comeram por seis dias e seis noites... Quando Odisseu retornou e soube do ocorrido, ordenou que os soldados retornassem imediatamente ao navio, partindo em seguida. Ao saber do ocorrido, enfurecido, o deus do Sol enviou uma enorme tempestade, a qual acabou por lançar o navio de Odisseu novamente ao terrível redemoinho de Caribde, liquidando com todos os homens que lhe restavam.

Homero: Odisseu sobreviveu por vários dias, sozinho, agarrado a uns restos de seu navio. Até que consegue chegar novamente à uma praia...

Oráculo: (*contente, mudando de assunto*)
Mudemos de assunto! E a ideia de Odisseu de fazer com que os gregos fingissem que aceitavam a derrota na Guerra de Troia, partindo em retirada, mas deixando aos troianos um falso "presente"?

Homero: (*orgulhoso*)
Outra de minhas ideias! Um enorme cavalo de madeira! No interior do qual os gregos esconderam os seus guerreiros, para assim penetrar através das muralhas de Troia!

Narrador:
Felizes, os troianos comemoram a falsa vitória! E levam o enorme cavalo para dentro de suas muralhas!

Oráculo:
Mas durante a noite, enquanto os seus soldados

dormem pelo excesso de vinho das celebrações... os guerreiros gregos saem de dentro do enorme cavalo e atacam os inimigos!

Narrador:
E acabam por vencer a Guerra de Troia!

Homero: (*orgulhoso*)
E o que dizer, sagrado sacerdote, da aventura de Odisseu e de seus homens na Ilha dos Lotófagos? Quando os seus soldados são entorpecidos pela tal substância alucinógena extraída da Flor de Lótus?

Narrador:
Os preparados de Flor de Lótus eram capazes de deixar quem os consumisse num estado letárgico, como se vivessem numa realidade paralela...

Homero:
É mais uma de minhas belas metáforas: fugir da realidade.

Oráculo:
E o saco contendo todos os maus ventos que Odisseu recebe como presente do deus Éolo, em sua ilha?

Homero:
Os marinheiros de Odisseu ficam imaginando o que haveria dentro dele...

Oráculo:
Eles resolvem abri-lo, imaginando que dele sairiam tesouros! Mas o que dele sai são os ventos e as tempestades mais terríveis!

Narrador:
Pensando encontrar ouro e pedras preciosas, o

que sai de dentro do saco são trovões e as piores tempestades! A *Odisseia* é uma aventura repleta de ensinamentos sobre as fraquezas e as tentações dos homens...

Homero: (*orgulhoso*)
E os Lestrígones, os monstros comedores de gente? Sagrado sacerdote, eu criei uma aventura não imaginada antes por ninguém!

Oráculo: (*rindo*)
E os sete anos que passou Odisseu aprisionado pela sedutora ninfa de nome Calipso em sua ilha? (*malicioso*) Regado ao delicioso sexo da bela ninfa, não é mesmo, Homero?

Homero: (*rindo*)
De fato, sagrado sacerdote... Odisseu e a ninfa Calipso não teriam do que se queixar quanto a esse aspecto...

Oráculo: (*malicioso*)
Mas falemos da chegada de Odisseu à Ilha dos Feácios, quase desmaiado, depois de tanto nadar solitário pelos mares.

Homero: (*constrangido*)
Falar de Nausícaa? Outra vez de Nausícaa?

Oráculo:
Sim, Homero. Do seu encontro com a princesa Nausícaa, que o acolhe tão carinhosamente... É sobre isso que nós temos de conversar, Homero... Mas sugiro descansarmos um pouco até o ato seguinte.

ATO II

Homero: (*um pouco constrangido*)
Falar sobre Nausícaa? Mas eu já usei tantos versos para falar da passagem de Odisseu pela Ilha dos Feácios... acho que poderíamos abordar outros temas interessantes além de Nausícaa...

Oráculo: (*irônico*)
Eu posso entender as tuas razões, Homero.

Homero: (*perturbado*)
E que razões tão especiais haveriam de existir?

Oráculo:
Nós sabemos o que os gregos reservaram às mulheres...

Narrador:
A maternidade, os afazeres domésticos e mais nada...

Oráculo: (*irônico*)
Mas são tão fascinantes as aventuras que contas em tua *Odisseia*, Nausícaa! Perdão, quero dizer, Homero...

Homero: (*contrariado*)
O sagrado oráculo confunde novamente o meu nome com o da princesa Nausícaa? Seria mais um daqueles tais "atos falhos" do pensador de um povo do futuro que chamarão Morávia? Falemos da minha *Odisseia*!

Oráculo: (*contrariado*)
Minha *Ilíada*! Minha *Odisseia*! Tens de controlar a tua vaidade, Homero! (*irônico*) No sexto canto da *Odisseia*, tu narras a chegada de Odisseu à terra dos Feácios. Odisseu adormece, desnudo, entre as folhas das árvores... quando é despertado pelas vozes da bela princesa Nausícaa e de suas criadas...

Homero: (*contrariado*)
Nausícaa! Mas que obsessão pela princesa dos Feácios... E que prazer pode trazer a um poeta velho e cego uma jovem mulher?

Oráculo: (*irônico*)
Por acaso, tu és também como os outros gregos, que desprezam as mulheres? Se há algo que existe no mundo grego é a liberdade dada às intimidades dos homens, mas pouco ou nada às mulheres...

Homero:
Não cabe a mim dizer o que é justo ou não...

Oráculo: (*surpreso*)
Não cabe a um poeta falar do que é justo ou injusto? A tua resposta surpreenderia até Apolo... Se há alguém que pode nos salvar da escuridão é o poeta!

Homero:
Do que me consta, eu sou um poeta...

Oráculo: (*irônico*)
Eu gostaria de lembrá-lo de que – propositalmente – eu decidi deixar fora de nossa conversa o tema da escravidão na civilização grega... concentrando-me somente na questão do feminino...

Homero: (*surpreso*)
Eu nunca imaginei que o Oráculo de Dodona fosse tão avançado para o seu tempo...

Oráculo:
Os deuses não obedecem ao tempo. O nosso oráculo é de fato de vanguarda, bem adiante do seu tempo... (*rindo*) Escravidão... anulação do feminino. (*com deboche*) Numa sociedade tida como tão avançada para o seu tempo, como a grega...,

mas deixemos esse assunto para outra peça teatral...

Narrador: (*dirigindo-se à plateia*)
Esse tema pode depor contra as tão cantadas virtudes do mundo grego... Contudo, temos de evitar os anacronismos... julgar o comportamento das pessoas de um tempo que não é o nosso...

Oráculo:
Esqueçamos a escravidão e o mau tratamento às mulheres gregas. Não que com isto eu queira dizer que não sejam temas da maior importância... Mas voltemos a Nausícaa.

Homero:
Odisseu se apresenta a Nausícaa como um nobre que havia sobrevivido a um naufrágio...

Oráculo:
E ela propõe a ele que as suas escravas o lavem e o vistam com roupas limpas, para que Odisseu seja levado até o rei Alcínoo e a rainha Aretê como um ilustre visitante!

Homero:
Os reis lhe oferecem um farto banquete!

Narrador:
É quando Demódoco, o velho *aedo,* passa a recitar os seus belos versos, em homenagem ao hóspede desconhecido, cantando os feitos dos heróis gregos em Troia...

Homero:
Ao ouvir o seu nome na voz do *aedo*, Odisseu não consegue conter as suas emoções, revelando ser ele Odisseu, o grande herói grego! O rei pede que ele mesmo conte as suas histórias!

Oráculo:
Odisseu passa então a descrever as suas peripécias na Guerra de Troia e em sua viagem de retorno a Ítaca.

Narrador: (*dirigindo-se à plateia*)
Eu adoraria que Homero – ou quem quer que seja esse poeta velho e cego que está em cena – descrevesse o episódio em que Odisseu e seus soldados chegam à Ilha dos Ciclopes. As senhoras e os senhores adorarão a história do gigante Polifemo!

Homero: (*olhando para o narrador e pedindo consentimento ao oráculo com os olhos*)
Depois que deixam a Ilha dos Lotófagos e se livram dos poderes alucinógenos da Flor de Lótus, Odisseu e seus soldados navegam sem rumo por um tempo, quando então avistam uma praia. Eles chegam à Ilha dos Ciclopes (*dirige o olhar ao narrador*).

Oráculo:
Os ciclopes eram gigantes de um olho só, que cuidavam de seus rebanhos de ovelhas e habitavam em cavernas no topo das montanhas!

Narrador:
Era lá que um deles, Polifemo – filho do deus dos mares, Poseidon –, mantinha as suas ovelhas no pasto durante os dias e à noite as recolhia para dentro da sua caverna, fechando a sua abertura com uma enorme pedra.

Homero:
Atraídos pelos sons produzidos pelas ovelhas, Odisseu e seus homens entraram na caverna, na esperança de encontrar algum alimento. Quando Polifemo percebeu a presença dos soldados, ele perseguiu dois deles e os agarrou com as suas enormes mãos, devorando-os imediatamente.

Oráculo:
O gigante estava decidido a comer toda a tripulação do navio de Odisseu. Mas depois de engolir dois soldados, ele decidiu repousar um pouco, para bem digeri-los.

Homero:
É quando Odisseu aproveita o momento em que Polifemo estava quase cochilando e oferece ao gigante todas as suas provisões de vinho!

Narrador:
E isso agradou muito a Polifemo, que se deliciou com o vinho e disse a Odisseu que, em consideração à sua atitude tão gentil, ele o pouparia por um tempo. Ele devoraria dois soldados por dia, deixando Odisseu como a sua última refeição...

Oráculo:
Mas que gigante mais terrível!

Homero:
Polifemo fica embriagado depois de beber todo o vinho oferecido por Odisseu e, quando está quase pegando no sono, o gigante de um olho só pergunta ao herói qual era o seu nome.

Narrador:
Odisseu, que era muito astuto, responde ao ciclope que o seu nome era "Ninguém". "Ninguém".

Oráculo: (*curioso*)
"Ninguém"?

Homero: (*com entusiasmo*)
"Sim, meu nome é Ninguém", respondeu Odisseu. E quando o gigante ciclope adormeceu devido ao efeito do vinho, Odisseu ordenou que seus soldados preparassem uma grossa estaca

de um tronco de oliveira, queimando a sua ponta para deixá-la bem afiada.

Oráculo:
Uma estaca bem afiada?

Homero:
Exatamente! Odisseu ordena que seus homens se aproximem da cabeça do gigante e cravem a tal estaca de ponta afiada em seu olho, que ficava bem no centro da testa, cegando-o completamente!

Narrador:
Polifemo, desesperado de dor, grita, pedindo ajuda aos outros ciclopes da ilha.

Homero:
Quando os outros gigantes chegam na entra-

da da caverna, que estava coberta pela enorme pedra, eles perguntam: "Polifemo, quem o está atacando?".

Oráculo:
Polifemo responde: "Ninguém!".

Homero:
"Quem?", perguntam novamente os ciclopes. E o gigante responde outra vez, desesperado: "Ninguém!".

Narrador:
Ao ouvirem a resposta: "Ninguém!", os ciclopes imaginaram que Polifemo não sofria nenhuma ameaça. Afinal, "ninguém" o havia atacado. E os gigantes retornam às suas cavernas. Mas que ideia genial a de Odisseu, não é mesmo? A *Odisseia* é simplesmente deliciosa!

Oráculo:

Contudo, nem mesmo a força de todos os soldados de Odisseu seria capaz de remover a enorme pedra que vedava a entrada da caverna.

Narrador:

Esse serviço tinha de ser feito por um gigante... E como fazê-lo?

Homero:

Odisseu então instrui os seus soldados para que bem cedinho, antes do amanhecer, e antes que o ciclope despertasse, eles se agarrassem na espessa lã da parte inferior do corpo das suas ovelhas, pois Polifemo teria de tirá-los da caverna para fazer o seu pastoreio.

Oráculo:

Como Polifemo havia ficado cego, com o seu

único olho perfurado pela estaca cravada pelos soldados de Odisseu, a oportunidade para todos fugirem para o navio seria exatamente quando o ciclope abrisse a entrada caverna para que suas ovelhas saíssem.

Narrador:
E foi exatamente isso que aconteceu. Polifemo removeu a enorme pedra e as ovelhas foram uma a uma saindo da caverna. O gigante as tocava na parte superior do seu corpo, para contá-las, mas sem perceber que Odisseu e os seus soldados fugiam da caverna agarrados aos grossos pelos da parte inferior das suas barrigas.

Oráculo:
E foi assim que Odisseu e seus homens conseguiram fugir das garras de Polifemo, o enorme gigante de um olho só, filho de Poseidon.

Homero: (*orgulhoso*)
Uma grande história, não é mesmo?

Oráculo:
Sem a menor dúvida, Homero. Entretanto, quando eles já estavam distantes da praia, em seus navios, Odisseu não resistiu à sua própria vaidade... Ele não resiste e grita: "Polifemo! Meu nome não é "Ninguém"! Eu me chamo Odisseu! Herói da Guerra de Troia! Sou o rei de Ítaca!"

Narrador:
Odisseu pagaria caro por sua vaidade... sempre a vaidade! Os homens não conseguem controlar a sua vaidade... Ele poderia ter partido, feliz, sem debochar do gigante...

Homero:
Mas não... Ao escutar a revelação – e o deboche –

de Odisseu, Polifemo fica enlouquecido de raiva e lança uma enorme rocha na direção do navio! A rocha produz ondas enormes, que fazem com que a embarcação quase naufrague e perca o seu rumo!

Narrador:
Polifemo conta o ocorrido ao seu pai, Poseidon, o deus dos mares, que fica furioso e promete punir esse ser humano que ousou cegar o seu filho. E pior: que ousou humilhá-lo e debochar dele.

Oráculo: (*irônico*)
Mas voltemos à terra dos Feácios e ao reino da bela princesa Nausícaa...

Homero: (*contrariado*)
O sagrado Oráculo é obcecado por Nausícaa! Nós

já conversamos sobre esta parte da *Odisseia*... Eu adoraria entender a razão.

Oráculo:
Depois de enfrentar todos os obstáculos em sua saga para retornar a Ítaca, após perder todos os seus soldados e os seus navios, Odisseu chega na Ilha da ninfa Calipso, que o mantém preso por sete anos.

Homero: (*rindo*)
De bom sexo, eu acrescentaria.

Oráculo:
Cansados de verem Odisseu preso por tantos anos pela deliciosa ninfa Calipso, os deuses do Olimpo ordenam que ela o liberte. E o ajude a construir um barco, providencie também os suprimentos necessários para a sua viagem de retorno a Ítaca.

Narrador:

Depois de enfrentar terríveis tempestades, Odisseu consegue nadar, com muita dificuldade, apoiado somente num pequeno pedaço do seu navio... É nessa parte da história que ele chega, quase morto, na Ilha dos Feácios...

Oráculo:

Vamos voltar ao encontro de Odisseu e Nausícaa... Ao chegar à praia, Odisseu desmaia. Horas depois, ele desperta com os ruídos das conversas e risos da bela princesa Nausícaa e de suas criadas.

Homero:

Se o Oráculo insiste... Odisseu esconde as suas partes mais íntimas com folhas das árvores e explica a Nausícaa que ele era um nobre que sobrevivera a um terrível naufrágio.

Oráculo:
A princesa fica impressionada com a elegância dos seus gestos e sobretudo com o fato de seu corpo ser tão bem moldado pela sua forte musculatura.

Homero:
Nausícaa observa Odisseu com olhos apaixonados. Ele poderia ser o esposo que ela tanto sonhara.

Oráculo: (*irônico*)
Não é verdade, Nausícaa? Perdão, eu quis dizer Homero...

Homero:
O sagrado oráculo chamou-me outra vez pelo nome de Nausícaa... É outro dos "atos falhos" do pensador vindo da tal Morávia... O tal Sigmun-

do... Eu já me sinto cansado... por não ser reconhecido como Homero por ninguém...

Oráculo:
Mas se tu dizes ser Homero, tu tens de amar a poesia, independentemente de seres ou não reconhecido pelos teus versos! Ou tu não amas a poesia?

Homero:
Ah! Sagrado oráculo! Eu produzi a *Ilíada* e a *Odisseia*! O que mais me encanta é criar musicalidade possa produzir um efeito instantâneo no coração de quem os escute!

Narrador:
É exatamente assim! Uma emoção que surge muito antes do próprio pensamento! É essa a magia da criação poética! Perceber que os

versos podem produzir um sentimento inexplicável e no momento exato em que eles são ouvidos! Bem antes de submetê-los à razão...

Homero:
A mesma beleza que os gregos pretenderam recuperar com o resgate de Helena!

Narrador: (*dirigindo-se à plateia*)
O resgate da beleza... a busca infinita do belo... Não obstante, num mundo real, o que fica da Guerra de Troia é a carnificina e a destruição de uma grande cidade... a violência do homem contra o seu semelhante.

Oráculo: (*emocionado*)
A busca da beleza... É a mesma beleza que pode ser sentida ao serem lidos os versos da *Odisseia...* sobretudo quando tu, Homero..., deixas fluir de teus lábios o teu lado feminino...

Homero: (*perturbado*)
O meu lado feminino? Então, amar a poesia é algo feminino?

Oráculo:
Homero, e por que não seria?

Homero: (*indignado*)
E vindo da alma de um poeta velho e cego como eu? Eu simplesmente não entendo por que o sagrado sacerdote insiste com esse assunto sobre o feminino.

Oráculo: (*com ironia*)
Não te parece uma generosa dose de hipocrisia que haja um mundo de intimidades tão aceitas entre os homens da Grécia e nada ser permitido entre as mulheres? Por acaso as mulheres não possuem desejos?

Homero: (*constrangido*)
Desejos? E isso é permitido no mundo grego?

Oráculo: (*irônico*)
Ou não há um universo interior nas mulheres helênicas?

Homero: (*visivelmente contrariado*)
O sagrado oráculo espera que eu, um velho cego, vá dedicar o meu tempo a assuntos como esse?

Oráculo: (*com ironia*)
Então, o grande poeta Homero ignora que existam mulheres no mundo grego? Seriam os teus versos dirigidos somente aos seres com uma genitália masculina?

Homero:
Eu nunca pensei especificamente em genitálias

masculinas ou femininas... Eu faço poesia, sagrado sacerdote... simplesmente poesia.

Narrador:
Sabe-se lá, pelos deuses do Olimpo, se não será contigo, Homero, que um dia os estudiosos desvendarão certos segredos, até hoje escondidos...

Oráculo: (*malicioso*)
Tu já ouviste falar dos ventos vindos de Lesbos, não? Em algum oráculo mais crítico e de vanguarda, como o nosso...

Homero: (*mudando de assunto*)
Em algum oráculo mais crítico e de vanguarda como o de Dodona? Eu nada sei desses assuntos que o sagrado oráculo traz à nossa conversa, com uma desagradável insistência...

Narrador:
E não seria função dos poetas romper fronteiras e nos levar para além dos limites do nosso próprio tempo?

Oráculo:
Falar do que é oculto e do que proibido... eu diria que essa é uma das funções da arte. Ou não? E não seria essa a força da arte?

Homero: (*com entusiasmo*)
É esta, sim, a força da arte! Eu sinto que a perfeição de uma obra de arte nos aproxima de Deus... É como se, por alguns segundos, o poeta se sentisse quase como uma divindade...

Narrador:
Quando Deus criou o mundo – os animais, as pessoas, as plantas, enfim, todas as coisas –, foi um momento de elevação... (*dirigindo-se à*

plateia) Um dia, Homero, os homens construirão catedrais góticas! Tu nem sonhas o que significará isso para a humanidade! Serão templos que quase tocarão os céus! E nos darão a sensação de quase tocar o céu!

Homero: (*emocionado*)
Templos que quase tocam os céus... mas que imagem mais poderosa... É assim que eu me senti, quase no céu, sagrado sacerdote, quando criei os versos da *Odisseia*...

Oráculo:
Os versos da *Odisseia? (irônico)* E os da *Ilíada*, não são teus? Os teus versos são pedaços da tua alma, isso Zeus sem dúvida reconhece!

Homero:
É esse o universo de onde surgiu a minha *Odisseia*, sagrado oráculo!

Oráculo: (*irônico*)
Tu omitiste os versos da *Ilíada*? Queres que falemos somente da *Odisseia*? E quem sabe daquele outro Homero?

Homero: (*incomodado*)
Eu sei lá por que razão eu mencionei apenas a *Odisseia*... O sagrado sacerdote me confunde o pensamento... Afinal, de que Homero o sagrado sacerdote quer que falemos?

Oráculo: (*irônico*)
Do outro Homero, ou dos outros "Homeros" que gravitam no teu universo. Ou talvez de um Homero que seja só teu – intimamente teu – e que, quem sabe, tenha criado a *Odisseia* e que desejas ocultar...

Homero: (*mais tenso*)
O Oráculo de Dodona quer criar "Homeros"

onde não existem... Não há ninguém além de mim, Homero...

Oráculo: (*irônico*)
"Ninguém"? Lembrei-me do teu ciclope Polifemo... "O meu nome é Ninguém!" Eu posso entender, Homero... que tu ainda não te sintas seguro para falar sobre certos assuntos que te inquietam...

Homero: (*um pouco sem jeito*)
Assuntos que me inquietam? E o que tem a *Odisseia* que ver com as minhas intimidades...

Oráculo: (*mais sério*)
Tu já ouviste falar de Psiquê? Esqueça o tempo... os oráculos não se limitam a nenhum tempo: eles veem tudo! Como a tal pedra que enxerga o cosmo... o "aleph" de Borges... ou a

visão apocalíptica no delírio do Brás Cubas, de Machado...

Homero:
Psiquê? Aleph? Delírio de Brás Cubas? Estou confuso... mas é claro que já ouvi sobre a deusa numa visita anterior ao Oráculo...

Oráculo: (*malicioso*)
Psiquê é a divindade da personificação da alma... dos sopros de vida. E das nossas fantasias mais íntimas, que dizem respeito ao prazer e ao amor...

Homero: (*envergonhado*)
Eu ouvi em Delfos sobre *O Asno de Ouro*... de um tal Apuleio... uma obra do futuro... um asno que espia as intimidades das pessoas...

Oráculo: (*irônico*)
Mas que boa memória, Homero... ele observa a intimidade dos homens e das mulheres...

Homero: (*nervoso*)
O sagrado sacerdote insiste sempre nesse tema. Entretanto, não foi esse o motivo de minha vinda ao oráculo...

Oráculo: (*irônico*)
O Asno de Ouro trata dos mistérios e dos segredos que trazemos lá no fundo... fala também do nosso lado feminino...

Homero: (*nervoso*)
O nosso lado feminino? E por que não o masculino? Eu sou um poeta velho e cego! Eu peço ao sagrado oráculo que pare com esse assunto.

Oráculo: (*provocando-o*)
Eu posso adivinhar o que ocupa a tua mente...

Homero: (*nervoso*)
E o que ocuparia a minha mente?

Oráculo:
Um enorme desejo de ser livre...

Homero: (*feliz*)
Um desejo de ser livre? E eu já não o sou?

Oráculo:
Para ser livre, é preciso que sejas a pessoa que no íntimo tu és, sem subterfúgios... Zeus ainda não tem certeza se tu realmente queres ser tu mesma... perdão, tu mesmo...

Homero: (*tenso*)
Outro "ato falho", sagrado sacerdote, dirigindo-se a mim no feminino... Eu acho isso tudo tão difícil...

Oráculo: (*num tom mais íntimo*)
Sobretudo se insistires em ocultar a verdadeira autoria da *Odisseia*...

Homero: (*inseguro*)
A verdadeira autoria da *Odisseia*? Eu não sei aonde o sagrado sacerdote quer chegar... devem ser os tais vapores que inalam nos oráculos... (*inseguro*) É um assunto tão difícil! Eu peço que me deixes refletir um pouco mais...

Oráculo: (*sério*)
Refletir sobre a autoria da *Odisseia*? Há tantas conversas sobre a autoria da *Odisseia*... Os poetas

devem ser corajosos para falar do que vai bem dentro dos seus corações, não é verdade?

Homero: (*perturbado*)
Vejo que o sagrado sacerdote deixou a *Ilíada* de lado... e quer que falemos sobre a *Odisseia*...

Oráculo: (*com doçura*)
Sim... falemos da *Odisseia*... pode ser a maneira de tu abrires a porta do teu coração... Diga-me, Homero, quem tu és?

Homero: (*triste*)
Nem mesmo essa resposta eu pareço ter, sagrado sacerdote. Há tanta covardia em meu gesto... Eu sei que sou apenas um poeta. No mais, eu nada sei, apenas canto o que meu coração me ordena.

Oráculo: (*emocionado*)
Meu tão misterioso e ambivalente Homero! Tu me lembras Hamlet, um personagem que um dia enfeitará a dramaturgia de Shakespeare... Lembras dele?

Homero: (*emocionado*)
Sim, Shakespeare! O grande dramaturgo do futuro, não é verdade? Que o sagrado oráculo havia mencionado... Eu adorei o seu nome: Shakespeare... parece sacudir os meus pensamentos... Shakespeare...

Oráculo:
Eu respeito os teus versos, mesmo sem que tu me reveles quem tu és... Mas haverá um dia autores, como tu, que falarão da força que podem ter as palavras... Ah! Elas movem montanhas!

Homero:
O respeitável oráculo resume bem o que realmente me deixa feliz! Uma sensação inexplicável... que acontece quando alguém é tocado no seu coração pelos meus versos.

Oráculo:
Na *Ilíada* e na *Odisseia*, um certo Homero – que pode ser tu ou não – ajudará a criar um bem maior e que um dia chamaremos pelo nome de *literatura.*

Homero: (*emocionado*)
Literatura? Não sei bem o que o sagrado oráculo quer dizer com essa palavra, mas como é belo o som de suas sílabas! Literatura!

Oráculo:
Sim... literatura... uma palavra que virá com os "romanos". E que nos ajudará a salvar a verdade

que há nas coisas. E que tu carregas contigo. Se os versos que tu dizes que são teus vêm mesmo do teu coração, eu respeitarei as razões que tens para ocultá-los deste oráculo.

Homero: (*sério*)
Eu nada tenho a ocultar do sagrado oráculo. Seria outra vez aquele assunto?

Oráculo:
Sim. Refiro-me às mulheres, sejam elas deusas ou humanas. Na tua *Odisseia,* os obstáculos ao retorno de Odisseu para o seu castelo em Ítaca parecem ser construídos por tantas figuras femininas...

Homero: (*meio perturbado*)
Teria eu criado a *Odisseia* para falar dos assuntos das mulheres?

Oráculo:
E por que não? Odisseu não atravessa os mares na *Odisseia*, desafiando os monstros que a tua mente imaginou, e é enfeitiçado por tantas mulheres?

Homero: (*encabulado*)
Sim... Circe, Calipso, as duas sereias!

Oráculo: (*entusiasmado*)
E Penélope! Ela é a única figura capaz de fazer Odisseu seguir em sua jornada. (*delicadamente*) E a tua Nausícaa é uma princesinha tão gentil...

Homero: (*visivelmente perturbado*)
Eu não saberia o que responder sobre Nausícaa ao sagrado oráculo...

Narrador:
O domínio dos homens tem raízes profundas na sociedade grega! Até o grande Aristóteles um dia dirá a frase ridícula de que o esperma do homem é superior porque produz vida... Isso é ridículo até para os deuses do Olimpo...

Homero: (*meio abalado e confuso*)
O sagrado sacerdote sugere que há na minha *Odisseia* alguma questão de gênero?

Oráculo:
Na tua *Odisseia*, o masculino e o feminino travam um intenso embate, em que – para mim – o feminino prepondera... E isso pode não ser casualidade, não é mesmo?

Narrador:
O nosso Oráculo é realmente de vanguarda... ele antecipa o futuro... e aceita mundos diferentes

do nosso... mas isto não é nenhuma novidade... há tantos seres humanos que podem enxergar o futuro com antecipação! Um tal Newton falará da atração entre planetas, estrelas...

Oráculo:
E um Edson criará relâmpagos comportados, que nos darão luz e a energia necessária para tornar as vidas humanas bem mais confortáveis...

Narrador:
E os iPhones de Steve Jobs? Ao invés de falarmos diretamente e com afeto com os outros, os seres humanos andarão pelos cantos, feito zumbis, falando com os tais aparelhinhos...

Homero: (*constrangido*)
A história das mulheres gregas é repleta de silêncios!

Oráculo:
Tu já ouviste falar de Erina e de Nossis?

Homero:
Sim... são duas poetisas que se amavam...

Oráculo:
Então tu já as conheces? Já mergulhaste neste assunto...

Homero:
Sim. Eram duas poetisas que se amavam. Mas esse assunto é muito difícil para mim...

Oráculo:
Homero, nós precisamos de ti... a humanidade precisa de ti... nós temos de nos livrar dessa doença contagiosa chamada "preconceito".

Homero: (*constrangido*)
Mulheres poetisas... Mulheres que escolhem os seus amores... Há a poetisa Safo, de Lesbos... (*envergonhado*) Ela criava versos para a sua amada...

Oráculo:
Safo de Lesbos, a quem o grande pensador Platão irá chamar “a décima musa”. *(sorrindo)* Tu tens a sorte de estar diante de um oráculo que decidiu falar sobre o que normalmente é ocultado...

Homero: (*confessando*)
Quando consultei certa vez o Oráculo de Delfos, Apolo mencionou o nome de Safo de Lesbos.

Oráculo: (*feliz*)
Então tu já conversaste com Apolo sobre este assunto! A injustiça contra a mulher! Eu passei a admirar a tua coragem, Nausícaa! Perdão, Homero!

Homero: (*recitando os versos, romanticamente*)
"*De uma erva de rara essência o corpo eu te ungi e os teus longos cabelos perfumei*"! Esse é um dos versos da Lírica de Safo de Lesbos...

Oráculo:
Safo foi uma grande representante da sexualidade feminina... Eu estou amando a tua coragem, Homero!

Homero: (*falando com mais coragem*)
Se a usássemos como exemplo, seria uma conquista para as mulheres...

Oráculo: (*emocionado*)
Eu rogo, Homero, que tenhas a coragem de ser, ao menos por alguns instantes, quem tu verdadeiramente és! Ou tu pensas que a homenagem que fazes na tua obra, chamando a rainha dos

Feácios, Aretê, é mera casualidade? Percebes que Aretê é a palavra que nós gregos utilizamos para descrever a virtude?

Homero: (*confuso*)
Eu não havia percebido...

Oráculo:
Aretê, o nome que deste a tua rainha, representa a virtude, que os romanos depois chamarão *virtus*, a qualidade dos seres humanos moralmente superiores, que não pensam somente em si próprios, mas no bem comum.

Homero: (*quase chorando*)
Então, os meus versos sobre Nausícaa, sobre Aretê e sobre as mulheres da Odisseia têm a ver com a intimidade reprimida da mulher no mundo grego?

Oráculo:
Parece a Zeus tão claro quem é o verdadeiro autor da *Odisseia*...

Homero: (*perturbado*)
E a quem pertence afinal a *Odisseia*?

Oráculo: (*falando com firmeza*)
Tu és mesmo Homero? Responda se tu és mesmo Homero! E se não fores, ainda assim tu vens ao Oráculo de Dodona para pedir a Zeus que te garanta a autoria das tuas obras? Tu não falaste, Homero, sobre a importância da verdade?

Homero:
Sim... eu falei...

Oráculo:
E por que falar sobre Nausícaa te perturba tanto assim?

Homero: (*tentando defender-se*)
Nausícaa não me perturba em nada... Ela é uma jovem e bela princesa dos Feácios, que eu criei em minha obra, para que ela protegesse Odisseu quando ele chegasse desmaiado, quase morto, nas areias da praia. Nausícaa até se apaixonou por Odisseu... Se dependesse dela, ele poderia ser até mesmo o seu esposo...

Narrador:
E quem melhor do que o próprio autor para proteger um herói que ele próprio escolheu para incluir em sua obra? Quantas vezes surpreendemos, em algum canto, entre os versos de um poeta a revelação de sua própria identidade? Ou entre as pinceladas de uma pintura rupestre uma pista, uma possibilidade, algo que nos permita reconhecer a presença do pintor... do autor... ele próprio... como se ele quisesse gritar: "Olhem para esse cantinho! Preste a

atenção neste verso... ele revela quem sou eu! Sou eu que estou aqui! O autor desta obra de arte!". Odisseu – na *Odisseia* – fala que Nausícaa era tão bela, que poderia até lembrar os traços da linda deusa Ártemis... Um poeta pode esconder o segredo que quiser entre as estrofes de seus versos...

Homero: (*emocionado*)
Sim! Nausícaa era bela como uma deusa... a minha princesa da *Odisseia*!

Oráculo:
Tu sabes, Homero, há quem afirme que a *Odisseia* tenha sido criada por alguém, misterioso, que vivia numa terra de nome Trapani... próximo dos Estreitos de Messina, onde um dia chamarão de Sicília... Tu já ouviste este nome? Trapani...

Homero: (*emocionado, quase em lágrimas*)
Trapani? Não lembro... Trapani... talvez...

Oráculo:
Tu estás seguro, Homero, de que não conheces uma terra de nome Trapani? Seja corajosa, por favor! Perdão... eu quis dizer "corajoso"...

Homero: (*o velho começa a retirar lentamente as suas vestes*)
Sim, eu lembro... Trapani... Eu acho que chega de mentiras... Sim, eu conheço muito bem essa região! Na verdade, eu conheço muito bem Trapani, com suas areias, o perfume de suas flores, seus insetos, o canto dos seus pássaros! Eu conheço tudo que lá existe, como a palma de minha mão... (*tirando lentamente as suas vestes*) Foi lá que eu nasci, foi lá que eu cresci e foi lá que eu criei os meus versos... Eram versos simples no começo, mas aos poucos eu me vi a traduzir o idioma dos pássaros...

Narrador: (*emocionado*)
O idioma dos pássaros? Mas que metáfora mais bela, Homero! Traduzir o idioma dos pássaros! Não será nessa mesma Trapani que vive uma jovem mulher, que ama a *literatura* e que faz versos de uma beleza nunca encontrada antes na Grécia?

Homero: (*emocionado*)
Chega de mentir! Chega de mentir! Sim, pode ser... Trapani... Por quanto tempo eu ainda terei de me esconder! Por Zeus, diga-me, sagrado sacerdote, por quanto tempo?

Oráculo:
Não há mais razão para te esconderes, Homero. Homero? Revela-te, revela-te agora! Tu tens a proteção de Zeus! Há deusas poderosas no Olimpo! E que decidem o destino não apenas das mulheres, mas dos homens e das guerras. Veja a

Guerra de Troia! Quantas deusas defenderam gregos e troianos? A ideia da superioridade masculina é coisa dos homens... Não foi criação dos deuses do Olimpo...

Homero: (*emocionado*)
Até quando, sagrado sacerdote, será proibido às mulheres, nesta Grécia retrógrada e preconceituosa, criarem os seus versos livremente? Eu sonho com o dia em que, sem subterfúgios, sem disfarces, quaisquer versos possam chegar ao coração das outras pessoas, independentemente do seu sexo! É minha a *Odisseia*, sagrado oráculo... eu juro...

Oráculo: (*orgulhoso*)
Eu sei, eu sei. Eu sei que é tua a *Odisseia,* minha bela princesa...

Homero: (*já entregue totalmente à emoção*)
Minha bela princesa... minha bela princesa... Como é bom ouvir que me chamem “minha bela princesa”... O oráculo está certo... Chega de mentiras! Eu quis, sim, dizer na *Odisseia* que existe uma princesa Nausícaa! E que existe uma Nausícaa no mundo real!

(*ele retira lentamente a barba falsa*)
Foi ela – Nausícaa – quem criou os versos da *Odisseia* e que ganharão o mundo! Eu a homenageei, dando o meu próprio nome à bela princesa dos Feácios! E não me importa que a *Ilíada* possa ter sido assinada por um homem, por uma mulher ou por mil homens! A autoria não mais me importa!

Um poeta de verdade entende o coração de qualquer pessoa. O meu desejo, o meu sonho, é que o autor de qualquer obra de arte possa ser quem ele desejar: um homem, uma mulher ou qualquer ser humano com o sexo que o deixe feliz. Até quando, sagrado oráculo, a humanidade será regida pelo preconceito? Até quando os diferentes viverão às escondidas ou serão tratados como inferiores?

Nesta Grécia tão cheia de virtudes e de conquistas, berço da cultura do Ocidente, e que produziu obras maravilhosas como a *Ilíada* e a *Odisseia*, mas mergulhada em tanto preconceito, eu quero gritar aos quatro ventos (*Homero retira a peruca e se revela uma mulher*): "*Quem criou a Odisseia fui eu, Nausícaa! Nausícaa! Uma mulher!*".

FIM

Trajeto de Odisseu de retorno a Ítaca após o fim da Guerra de Tróia

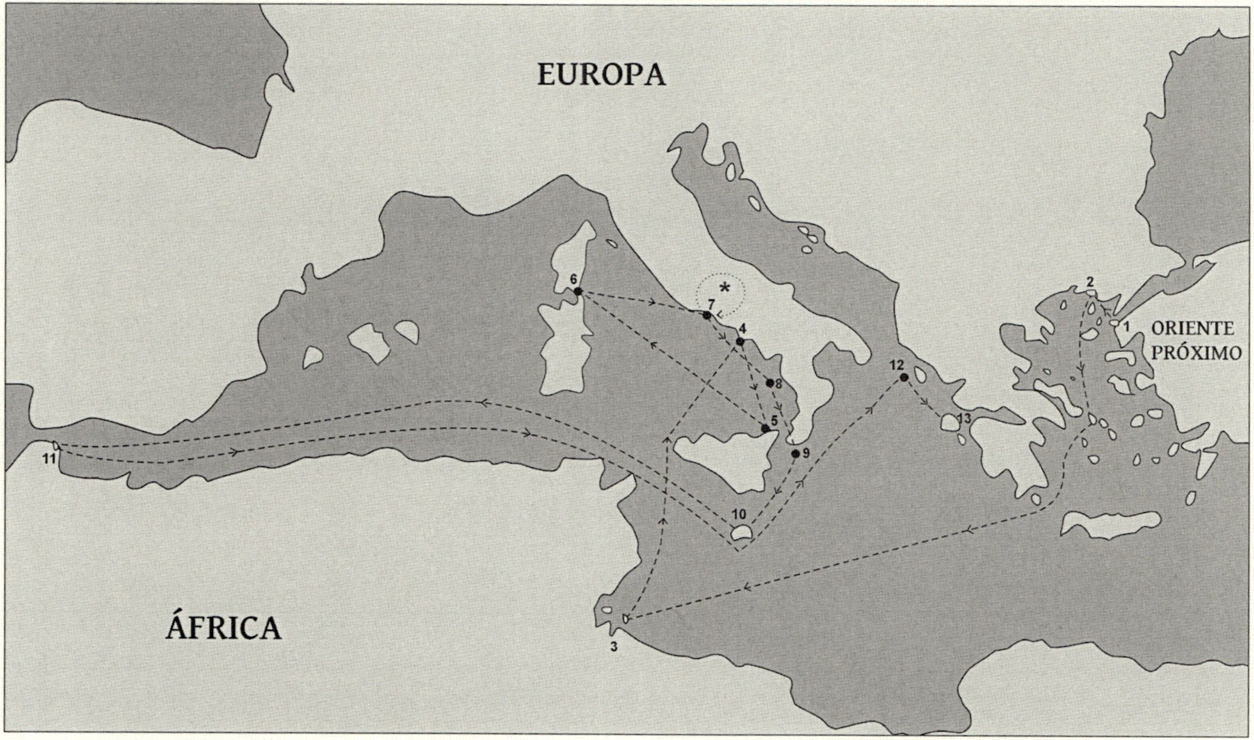

1 - Tróia
2 - Terra dos Cícones
3 - Ilha dos Lotófagos
4 - Terra dos Ciclopes
5 - Ilha do Deus Éolo
6 - Terra dos Lestrígones
7 - Ilha de Circe
* - Submundo de Hades, sem representação geográfica definida
8 - Ilha das Sereias
9 - Estreito de Messina (região de Cila e de Caribde)
10 - Terra de Hélios
11 - Ilha de Calipso
12 - Terra de Feácios
13 - Reino de Itaca

Este livro foi confeccionado especialmente para a
Editora Meridional Ltda.,
em Source Serif Pro, 12/17 e
impresso na Gráfica Ideograf.